처음 뵙겠습니다. 무라이 쇼타(村井翔太)라고
합니다. 짙̶̶̶̶̶̶̶̶̶̶̶̶̶
일단 그̶̶̶̶̶̶̶̶̶̶̶
솔직히̶̶̶̶̶̶̶̶̶̶
위 애초̶̶̶̶̶̶̶̶̶
을 테니까요.

누가 가자고 했더라… 기억이 안 나네요. 어쨌
든 저희 애들 중 누가 말하긴 했어요.
"야, 여기 알아? 엄청 무섭다던데"라고요.
대학교에서 알게 돼서 가까워진 저희는 진짜
허구한 날 놀러 다녔죠. 그날도 그냥 장난삼
아 꺼낸 얘기였을 거예요. 맨날 노래방 갔다
술집으로 이어지는 코스이다 보니, 가끔은 다
른 것도 좀 해보자, 뭐 그런 거였죠. 다 지방에

서 올라온 고학생들이라 자가용은 없었어요. 그래서 더치페이로 렌터카를 빌리기로 했죠. 출발은 음, 저녁 8시쯤이었을 거예요. 렌터카 업체의 마지막 대여 시간에 맞췄다는 게 기억 나거든요. 반납은 다음 날 아침이라서 시간은 충분했어요. 모처럼 빌린 김에 거기로 가기 전까지 여기저기를 드라이브했어요.

중간에 편의점에 들러 음료수를 사고, 차 안에서 무서운 이야기 같은 걸 하다 보소 지역의 ○시(市)에 도착한 건 11시쯤이었어요.

목적지는, 굳이 말하지 않아도 아시죠? 심령스폿으로 인터넷에서 꽤 유명한 묘지더라고요. 하지만 그런 일이 생기기 전까지는 솔직히 잘 몰랐어요. 사실 묘지는 어디에나 있잖아요. 물론 산속이다 보니 으스스한 느낌은 들었죠. 아니 그렇다고 해도, 산속에 묘지 있는 게 신기한 건 아니잖아요? 공동묘지라지만 딱히 크지도 않아서 이 끝에서 저 끝까지 걸어도 기껏 몇 분? 외진 데 있다 뿐이지, 그냥 오래된 묘지인데 왜 심령 스폿이라고 유명한 건지 모르겠더라고요. 그런 면에서도 저희에게는 드라이브를 겸한 담력 시험 장소로 나쁘지 않았죠.

고갯길에서 옆으로 빠진 곳에 있어서, 산속 국도를 따라갔어요. 스쳐 지나가는 차량이라고는 뜨문뜨문 장거리 트럭뿐이라, 진짜 길이 있긴 한 건가 싶어서 다 같이 몇 번이고 네비를 확인했죠. 그러다 보니 하얀색 간판에 빨간색 글씨로 'K공동묘지'라고 적힌 낡은 간판이 보였어요. 깜빡 지나칠 뻔해서 급하게 브레이크를 밟고 묘지로 이어지는 어두침침한 길로 들어갔어요. 거기서부터 외길에는 가로

등도 없잖아요? 상향등을 켜지 않으면 앞이 전혀 안 보이더라고요.

이것 역시 굳이 말 안 해도 아시겠지만, 바로 나오는 건 주차장이었어요. 아마 참배하러 오신 분들의 전용 주차장이겠죠. 딱히 그렇다고 적힌 안내판이 있는 건 아니었지만 거기 말고는 주차할 수 있는 곳이 없었으니까요. 근데 주차 구역에는 잡초가 무성해서 주차 블록이 없었으면 그냥 공터라고 생각할 뻔했어요.

저, 깜짝 놀랐다니까요. 한밤중 산속이 여름에는 그렇게 시끄럽다니 말이죠. 벌레 소리며, 바람에 나뭇잎이 나부끼는 소리며 별의별 소리가 다 나더라고요. 도시에서는 좀처럼 듣기 힘든 소리였죠. 그날도 차에서 내리자마자 그런 산 분위기에 저를 포함한 모두가 꽤나 겁먹었어요. 뭐 겁먹었다고는 해도 꺅꺅거리며 야단법석 떨 여유는 있었지만 말이죠.

주차장에서 한 단 정도 올려다보는 높이에 묘지가 있잖아요? 주차장 옆 계단이 묘지 뒷문 같은 곳으로 연결되더라고요. 하지만 모처럼 여기까지 왔는데 뒷문 말고 정문으로 들어가자고 해서 차로 왔던 길을 걸어서 돌아갔어요.

주차장에서 몇 분 걸으니 정문이 나오더군요. 입구에는 절하러 오는 분들이 쓰던 낡은 물바가지랑 수도도 있었는데, 다쓰야(竜也)가 시험 삼아 수도꼭지를 돌려봤지만 물은 나오지 않더라고요. 관리도 거의 안 된 분위기였어요.

입구에서 담력 시험 방법을 의논한 결과, 한 사람씩 묘지 안으로 걸어 들어갔다가 뒷문에서 계단을 내려와 차에 돌아가기로 했어요.

경로는 자연스럽게 결정됐어요. 10열 정도로 늘어선 묘 왼쪽에서 세 번째 통로였어요. 네. 그 나무가 있으니까요.

심령 스폿으로 유명한 묘지인데, 인터넷에는 부지 내에 있는 커다란 나무에 대한 글이 많았어요. 심령 스폿을 모아놓은 게시판에도 사진이 많이 올라와 있고요. 네, 이거요, 이 나무예요. 이게 저주받은 나무라는 소문이었죠. 밤에 이 나무 밑으로 지나가면 묘지에 묻혀 있던 사람의 영혼이 나온다나 뭐래나, 하여간 그런 얘기들이 여럿 올라와 있었어요. 그래서 담력 시험을 하러 그 나무 밑을 지나가기로 한 거죠.

처음은 저였어요. 한 손에는 자동차 키를 들고 다른 손에는 라이트를 켠 스마트폰을 들고 출발했어요. 산속 묘지, 게다가 심야였던지라 꽤 무서웠어요. 하지만 여자애들도 있으니 애들 눈에 제가 보일 때까지는 총총 걸어가려고 했죠. 그런데 나무가 있는 통로에 들어설 때부터 발걸음이 확실히 느려지더라고요. 늘어서 있는 묘들 사이에서 뭐가 튀어나오는 건 아닐까 싶은, 이상한 상상이 들어서 무서워지더라고요.

그 나무가요, 정면 입구에서 보면 안쪽에 있잖아요. 어둡긴 했는데 멀리서 시커멓고 거대한 실루엣이 보이더라고요. 근처까지 가니까 멀리서 봤을 때보다 훨씬 커 보였어요. 그런 방면으로는 잘 몰라서 어떤 나무인지는 모르지만, 나무줄기에 뭔가 울퉁불퉁 난 게 보이더라고요. 커다란 나무였어요. 줄기 여기저기에 수액 같은 게 늘어져 있어서 라이트를 비추면 피가 흐르는 것처럼 보여 소름이 끼치더라고요. 진짜 엄청 굵고 컸어요. 아마 제가 양팔을 펼쳐도 품에 안 들어왔을 거예요. 수령이 10년, 20년 수준이 아니라 훨씬 오래되지 않았을까요. 뿌리 쪽도 거미집처럼 복잡하게 뻗쳐 있어서, 나무를 에워싼 울타리가 짓눌려서 기울어 있을 정도였죠.

당연히 엄청 무서웠죠. 되도록 나무 쪽은 안 보려고 발걸음을 서둘러 지나갔어요. 아니 솔직히 말해서 거의 내달렸을 거예요. 앞선 사람이 출발하고 5분 후에 다른 사람이 출발하기로 해서, 괜히 느긋하게 걸어갔다가는 추월당할 수도 있으니까 말이죠. 거기선 딱히 별일 없이 무덤 사이를 빠져나와서 뒷문 계단을 내려와서 차에 돌아왔어요.

네. 전 별달리 본 게 없어요. 그런데 다른 애들

은 달랐어요.

안은… 그로부터 한 달 후 발견됐어요. 담력 시험 하러 가고 그다음 날부터 연락이 끊겼어요. 학교에도 전혀 얼굴을 비치지 않았고요. 애들이랑 학생과에 문의했더니 안의 부모님께 연락해 줬어요. 하지만 부모님도 연락이 안 된다고 하더라고요. 경찰에도 말해봤는데 성인이니까 한동안은 상황을 지켜보자는 식으로 나왔나 보더라고요. 다들 걱정했죠. 그런 데를 다녀오고 난 뒤였으니까요.

경찰에서 전화가 왔을 때는 드디어 안이 돌아왔나 보다, 하고 생각했어요. 근데 아니었어요. 안이 자살했다고. 묘지에서 발견됐대요. 뭔가 착오라고 생각했어요. 그럴 리가 없어. 혼자 그런 장소에 다시 가다니. 도대체 왜? 심지어 자살이라고?

사고일 가능성은 없다고 들었어요. 유서도 없었고요. 그러니까 어째서 자살했는지 저희는 알 방법이 없어요. 하지만 전 그런 생각이 들어요. 그날 담력 시험 같은 걸 안 했다면 안이 자살할 일도 없지 않았을까. 이런 얘기, 할 일도 없지 않았을까 하고요. 지금도 후회가 돼요.

안녕하세요. 가와세 겐(川瀬健)이라고 합니다. 대학생입니다.

그날 일이라. 하, 끔찍했죠. 진짜 최악. 그 녀석이 담력 시험 가자는 소릴 해서 렌터카 빌려서 묘지에 갔다가, 진짜 말도 안 되는 걸 봤으니까요.

공동묘지의 저주받은 나무 이야기. 겁나 유명하죠. 쫌이라도 호러 좋아한다는 인간이라면 다들 알죠. 소문에는 엄청 오래전부터 있던 나무였는데, 공동묘지를 만들 때 땅에 뿌리 박힌 나무를 전부 베었는데 딱 하나, 아무리 해도 베지 못해서 남긴 나무라던 모양이더라고요. 아뇨, 왜 그랬는지는 저도 모르죠. 그때부터 숭배 같은 게 생긴 거 아닐까요? 신성

한 나무라니 뭐니 하면서 말이죠. 너무 커서 못 자른 걸지도 모르지만요.

겁나 깊은 산속에 있는 공동묘지라 유명하다 면서도 그 근처에 가본 인간이 없으니 우리가 다녀와서 자랑하자, 그렇게 된 거죠.

도착한 건 음, 꽤 늦은 시간이었을걸요. 하긴 귀신을 보겠다고 나서면서 대낮에 갈 수는 없 는 노릇이니까요. 뱅뱅 돌려 말해봐야 시간만 아깝고, 바로 말해드리죠. 네, 봤어요. 나무 밑을 지나갈 때였어요.

손전등 챙겨 가는 걸 까먹어서 스마트폰 라이트 말고는 불빛이 없으니까 겁나 어두웠어요. 나무 밑에 서서 라이트로 비추면서 봤어요. 의외로 평범한 나무네, 그런 생각을 하는데 나무줄기 뒤편에서 소리가 났어요. 처음엔 벌레인가 싶었어요. 겁나 울어대긴 했으니까요. 아마 귀뚜라미가 아니었을까 싶은데, 하여튼 귀가 따가울 정도였죠. 그런데 뭐라고 해야 하나, 쫌 더 큰 동물이 서 있는 듯한 소리가 나는 거예요. 바사삭 하고. 그래서 나무 뒤편으로 가봤죠.

여자가 있었어요. 머리가 긴 여자. 웅크려 앉아서 뭔가를 하고 있었어요. 싸하더라고요. 한밤중에 공동묘지에서 그런 걸 보니, 순간 아드레날린이 엄청 뿜어져 나오더라고요. 말을 걸었어요. 지금 생각하면 왜 그런 짓을 했을까 싶지만. 너무 뚜렷하게 보여서 평범한 인간이라고 생각한 걸까요.

물어봤죠. "지금 뭐 해요?"라고. 여자는 무반응이더라고요. 그래서 스마트폰 라이트로 비춰봤죠. 귀신이면 불빛을 싫어하지 않을까 싶어서요. 그런데 여전히 반응이 없었어요. 대신에 여자의 손끝이 불빛에 비쳐지면서 뭘 하는지 알게 됐어요.

구멍을 파고 있었어요. 맨손으로. 굵은 뿌리랑 뿌리 사이 땅바닥에 딱 한 사람 정도 폭의 구멍이 나 있었어요. 깊이는 대충 사람 무릎 정도였을까나. 시간을 꽤나 들이지 않았다면 그 정도 깊이의 구멍을 파는 건 불가능하지 않을까요? 여자는 구멍에 손을 찔러 넣으며 흙을 파내고 있었어요. 손이 힐끔 보였는데 흙투성이더라고요. 아, 이건 귀신이 아니라 위험한 인간이구나, 그런 느낌이 팍 와서 천천히 뒷걸음치면서 도망치자고 맘먹었죠. 두세 걸음 떨어졌을 때 목소리가 들렸어요.

"지옥은 아래에 있으니까요"라고요.

절 쳐다보지도 않고 구멍만 파면서 여자가 계속 중얼거렸어요.

"올라가야 돼. 올라가야 돼."

저도 모르게 반사적으로 되물었어요.

"네?"라고요.

그게 뭔가 건드려버린 걸지도 모르겠지만, 여자가 손을 멈추고 고개를 들었어요.

이상했어요. 목이, 목이 길었어요. 일반인의 두 배는 될 것 같았어요. 웅크려 있을 때는 몰랐는데, 절 보고 고개를 돌린 순간 그 사실을 깨닫고 소름 끼쳤어요.

움직일 수가 없었어요. 그러자 그 여자, 여전히 아무런 표정 없이 일어서더라고요. 절 보며 그대로. 큰일 났다, 그런 생각에 머릿속이 패닉 상태에 빠져버렸어요. 그때, 엄청난 소리로 매미가 울기 시작했어요. 맴맴 하고. 한밤중에 말이죠. 산 전체가 우는 게 아닐까 싶을 정도로 엄청났어요. 진짜로 미쳐버릴 것만 같았어요.

여자가 천천히 입을 열었어요. 커다랗게 벌어진 여자의 입에서도 매미 울음소리가 들렸어요. 우와, 진짜 겁나 위험했죠.

제 얘긴 이게 답니다. 그럼 수고하세요.

저는 이토 다쓰야(伊藤竜也)라고 합니다.

안은… 제 여자 친구였습니다. 어째서 이런 일이 일어났는지 지금도 이해가 안 됩니다. 그날까지는 정말 아무렇지도 않았는데.

누가 말을 꺼냈어요. "거기 무섭다는데 우리 가보자"라고. 미레이(美玲)는 싫어했습니다. 그런 데 가고 싶지 않다고요. 자기한테는 신기(神氣) 같은 게 있대나 뭐래나 하면서요. 하지만 다들 그때는 기분이 업되어 있어서 렌터카를 빌려서 가기로 했습니다.

갈 때는 드라이브하는 느낌이랄까, 다들 음악을 들으면서 신나 했습니다. 미레이는 입이 나와 있었지만요. 그런데 중간에 편의점에 잠깐 들렀을 때 저랑 안이 싸웠습니다. 음, 대단

한 이유는 아니었습니다. 하지만 엄청 열받긴 했습니다. 그래서 차에 돌아와서도 안이랑은 분위기가 험악했는데, 다른 애들도 있고 해서 일단은 아무렇지 않은 척하고 싸운 건 티 내지 않으려고 했습니다. 하지만 그날 그렇게 싸우지 않았더라면… 안과의 마지막도 다르지 않았을까, 그런 생각이 듭니다.

공동묘지에 도착해서 저주받은 나무를 지나 한 사람씩 차로 돌아오자고 얘기가 됐습니다. 저는, 네, 쇼타에 이어 두 번째로 갔습니다. 하지만 전 나무 쪽으로 가지 않았습니다. 무섭기도 했지만, 다른 이유도 있어서요. 뒤에 있는 애들이 안 보이는 곳까지 갔을 타이밍에 무덤 사이를 비스듬히 가로질러서 지름길로 뒷문까지 달려갔습니다.

차 안에는 쇼타가 먼저 와서 기다리고 있었습니다. 사실 그때 쇼타에게 할 말이 있었습니다. 별 얘기는 아니었지만요. 그런데 그날 쇼타는 제 얘길 전혀 듣질 않았습니다. 대신 저를 뚫어져라 쳐다보면서 말했습니다.

"나무 앞, 지나갔어?"라고요.

저는 뒤따라온 애들이 쫓아오기 전에 쇼타와 이야기를 해야 해서, 쇼타의 말에는 대꾸하지 않고 원래 하려던 얘기를 꺼내려고 했습니다. 그런데 쇼타가 또 제 말을 끊으며 제 어깨를 붙잡고는 흔들면서 "지나갔어? 어쨌냐고!"라며 큰 소리로 캐물었습니다. 왜 그러는지 이해가 안 됐습니다. 짜증이 확 몰려와서 "안 지나갔어! 나무 같은 거 안 봤다고!"라고 버럭 소리 질렀습니다. "아니 왜…"라고 쇼타가 말한 것도 거의 동시였습니다.

매미 울음소리가 들려왔습니다. 엄청난 소리였습니다. 나는 어리둥절해서 아무 말도 않고 있었는데, 쇼타는 머리를 핸들에 처박고는 신음을 토하면서 뭐라고 중얼중얼 되뇌었습니다. 무슨 말을 하는지는 전혀 알아들을 수 없었지만요. 1분쯤 지나자 매미 울음소리가 멈추었습니다. 그때부터 제가 아무리 말을 걸어도 쇼타는 얼빠진 얼굴로 아무 대답도 안 했습니다. 그 녀석이 나무 앞을 지나면서 뭔가 본 게 아닐까 싶어요. 저에게는 끝까지 말하지 않았지만요.

안이 죽은 것도 아마 뭔가를 봐서 아닐까 싶습니다. 쇼타와 같은 걸요. 저주받은 나무에 대한 소문이 정말이었던 걸까요. 안이 그렇게 되고 경찰에서 꼬치꼬치 캐물었습니다. 하지만 누구 한 사람도 안을 죽일 이유 같은 건 없었습니다. 모두 진심으로 슬퍼했습니다. 안의 장례식이 끝나고 지금까지 애들하고는 거의 말을 안 했습니다. 안이 생각나니까요.

실은 그날 이후로 뭔가 이상한 일만 잔뜩 일어나서 계속 괴로웠습니다. 누군가 등을 떠민 적도 있고, 계단에서 떨어져서 죽을 뻔하기도 하고…. 진짜 미칠 것만 같아서…. 전 아무것도 안 보고 끝났는데 말입니다.

하라 미레이(原美玲)라고 해요. 오늘 잘 부탁 드리겠습니다.

그날, 전 처음부터 반대했어요. 신기까지는 아닌데, 보통 사람들이 느끼지 못하는 걸 감지하는 능력이 있다고 할까요.

분위기를 읽는다는 말, 자주 하잖아요. 제 경우는 의식하지 않으려고 해도 몸이 멋대로 분위기를 읽어버리는 거예요. 딱히 심령 스폿에서만 그런 게 아니라, 이를테면 장례식장에서라든가, 지하철이 연착했을 때 역내 플랫폼에서 그래요. 장소 전체에서 뿜어지는 감정의 벡터가 마이너스를 향하면, 몸이 알아차려 컨디션이 바닥으로 치닫고 말아요.

그날도 안이 부탁하지 않았다면 절대 안 갔을

거예요.

말을 꺼낸 건, 맞아요, 쇼타였어요. "무서운 데 알고 있는데, 한번 담력 시험 가볼래?"라고요. 전 바로 싫다고 했는데, 안이 작은 목소리로 같이 가줘, 라고 말해서…. 굳이 심령 스폿 같은 데 말고 다른 데 가자고도 했는데 이미 가기로 정하고서 다들 난리법석을 떨었어요.

사실 안이 저한테 연애 상담을 했어요. 그러니까… 이런 얘기, 이런 자리에서 해도 될지 모르겠는데. 뭐 이젠 관계없으니까, 괜찮겠죠? 네, 예전에 안이랑 쇼타랑 사귄 적이 있어요. 담력 시험 하러 갈 때는 이미 쇼타랑은 헤어지고 다쓰야랑 사귀고 있었지만요. 헤어진 지 얼마 안 됐을 때라 안 입장에서는 함께 놀 사람이 많은 게 덜 불편했을 것 같긴 해요. 자기가 찬 전 남친이랑 그러고는 바로 사귄 현

남친이 같은 멤버로 있는 상황이니까요.

자동차 안에서는 평소랑 별다르지 않았어요. 그런데 뭐랄까 공기가 무겁다고 할까요. 중간에 안이 화장실에 간다고 해서 편의점에 들렀어요. 저도 함께 내렸는데 그때 안이 잠깐 얘기 좀 하자고 해서….

다쓰야도 이미 알 것 같아서 말하는 거지만, 쇼타가 보낸 라인 메시지 때문이었어요. 내용은 상세히 기억나지 않지만 다시 만나고 싶다, 뭐 그런 내용이었어요. "이거, 어제 쇼타가 보낸 건데 고민돼. 어떡하면 좋을까"라고 안이 묻더라니까요. 솔직히 그 말을 듣는데 어이가 없더라고요. 본인이 차고 다쓰야로 갈아탄 주제에 이제 와서 그런 소리 하는 건 좀 아니지 않나요? 그래서 반쯤 될 대로 되라는 심정으로 쏘아붙여 버렸어요. "그걸 왜 나한

테 물어. 네 맘대로 하면 되잖아"라고요. 안의
얼굴이 좀 안쓰러워 보이긴 했지만요.

두 번째로 편의점에 들렀을 때였어요. 그땐
다쓰야가 마실 것을 사고 싶다고 했어요. 안
도 같이 내렸는데, 둘이 좀처럼 돌아오질 않
더라고요. 한참 후 둘이 나타났을 땐 드디어
왔네, 싶었는데 분위기가 뭔가 이상했어요.
싸웠겠죠. 차 안 분위기도 훨씬 무거워진 게
느껴졌어요.

다시 출발했을 때는 이제 심령 스폿이 가까워
져 제 기분이 다운된 건가 싶었는데, 괜히 그
런 게 아니었나 봐요. 다들 아무렇지 않은 듯
말하고 있었지만, 저는 마치 장례식장에 온
것 같은 느낌이 들더라고요. 목적지에 가까워
질수록 점점 분위기가 무거워지는 게 확연히
느껴졌어요. 뭐랄까, 제 몸에 납덩어리를 쑤

25

셔 넣는 것 같은 기분이었어요. 두통까지 몰려오더라고요. 공동묘지에 도착해 차를 세웠을 때는 여기서 쉬고 있을 테니 너희들만 다녀오라고 했는데, 다쓰야랑 안이 그러면 분위기가 깨진다니 뭐니 해서…. 쇼타는 억지로 안 와도 된다고 말해주긴 했어요.

공동묘지 입구에 왔을 때는 살짝 안심했던 게 기억나요. 물론 무섭긴 했는데 공동묘지 자체에서는 그렇게까지 이상한 느낌은 없었다고 할까요. 오히려 차 안이 훨씬 끔찍했죠. 여름 산의 공기가 상쾌했어요. 순서대로 걸어갔다 차로 돌아오는 식으로 얘기됐을 때도 오히려 다행이네, 라고 생각했어요. 그런데 갑자기 공기가 바뀌었어요.

맨 처음 출발한 쇼타가 보이지 않게 되고 좀 지났을 무렵이었어요. 심장이 쿵쿵 뛰기 시작했어요. 뭔가 엄청 안 좋은 일이 일어나고 있다는 느낌이라고 할까요. 그런 느낌이 점점 심해졌어요. 이미 그때 두근거림이 아니라 확신에 가까웠죠. 전 세계 사람 모두의 불행을 몽땅 모아서 저한테 내던지는 것 같은, 그런 끔찍한 느낌이었어요.

생각해 보면 꽤 오래전에 비슷한 느낌이 든 때가 한 번 있었어요. 아빠가 비디오 가게에서 재미 삼아 빌려온 심령 다큐멘터리를 봤을 때였어요.

공포 영화 칸에 곧잘 시리즈로 꽂혀 있는 '리얼 스토리 ○○', 그런 부류였어요. 아직 초등학생이던 때라 제가 그런 거에 민감한 체질이라는 걸 몰랐기도 해서, 아빠랑 오빠랑 같이 보기로 했어요. 처음엔 무서워하다가, 억지로 웃다가 하면서 뻔한 내용에 이러쿵저러쿵

떠들면서 봤어요.

비디오가 후반에 접어들었을 때였어요. '촬영팀이 교토의 유명한 신사에서 저주받은 말 그림을 발견!', 그런 코너가 시작됐어요. 내용은 음… 딱히 재밌진 않았어요. 한밤중에 여자 귀신이 나온다는 소문이 도는 신사(神社)를 조사하러 갔더니 말 그림이 걸려 있는 장소 안에 심상찮은 내용이 쓰여 있는 걸 발견했다는, 뭐 그런 짜고 치는 고스톱인지 진짜인지 알 수 없는 내용이었어요. 비디오에서 내용을 소개하기 위해 말 그림이 클로즈업됐어요. 삐뚤빼뚤한 글씨로 "○○○ 지옥에 떨어져라" 같은 글이 쓰여 있었어요. 그걸 본 순간, 갑자기 컨디션이 확 안 좋아졌어요. 쓰여 있는 내용을 읽어서 그런 게 아니었어요. 말 그림이 텔레비전에 클로즈업된 순간 온몸에 소름이 돌으면서 떨림이 멈추지 않았어요. 지금 생각해 보면 그때가 제 체질에 대해 알게 된 계기가 아닐까 싶어요.

전 역시 속이 안 좋아서 차에 돌아가겠다고 안에게 말했어요. 그런데 편의점에서 싸늘했던 제 태도에 안도 앙금이 남았는지 "제대로 안 하면 담력 시험이 아니잖아. 미레이는 예전부터 좀 그런 면이 있더라"라는 식으로 말하더라고요. 제가 아무 대꾸도 않고 있는 동안에 안은 휘리릭 가버렸어요. 그래서 한기가 멈추지 않았지만 어쩔 수 없이 그 자리에서 기다리기로 했어요.

안이 보이지 않게 되고 얼마 지나지 않아서였어요. 갑자기 매미 울음소리가 들려왔어요. 엄청난 음량으로요. 매미를 가득 채워놓은 채집통을 귀에다 갖다 대고 짓누르는 듯한 엄청

난 소리였어요. 그 소리를 듣고, 이유는 모르
겠지만 그런 생각이 들었어요. 시작해 버렸
네, 라고요. 그걸 깨달은 순간 내달리기 시작
했어요. 이미 공기는 참을 수 없을 만큼 무거
웠지만 그걸 신경 쓸 틈이 없었어요. 나무 근
처까지 갔을 때 안이 보였어요.

안은 나무에 손을 대고 뭔가를 하는 것처럼
보였어요. 처음에는 나무줄기를 껴안고 있나
싶었는데, 그게 아니었어요. 올라가려고 하
고 있었어요. 저는 "뭐 해!"라고 소리 질렀어
요. 그런데 전혀 들리지 않는 모양인지 아랑
곳하지 않고 필사적으로 오르려고 했어요. 그
렇지만 엄청 굵은 나무라서 올라갈 수 있을
리가 없었죠. 바로 떨어지더라고요. 그런데
도 다시 일어나서 오르려고 했어요. 그러다
다시 떨어졌고요. 그런 식으로 몇 번을 반복

하는 사이 저도 정신이 들어서 안의 팔을 붙들었어요. 안이 떨어뜨린 스마트폰 라이트에 안의 팔이 비쳤을 때 손톱이 벗겨져서 피가 흐르는 게 보였어요. 이미 정상이 아니었어요. 얼굴은 나무 위만 쳐다보는 상태로 제 손을 뿌리치고 다시 오르기 시작했어요.

안은 뭔가에 완전히 홀린 상태였어요. 길길이 날뛰는 안을 뒤에서 겨드랑이에 팔을 끼우고 질질 끌어서 차로 돌아왔어요. 다들 너무 놀랐죠. 왜 안 그랬겠어요. 차에 태웠더니 안도 얌전해졌는데 뭔가 넋이 나간 분위기였어요. 다쓰야랑 둘이서 무슨 일이 있었냐고 물었지만 "위로, 위로"라고 되뇌기만 했어요. 쇼타도 왠지 안색이 어두워지더니 입을 꾹 다물고만 있었어요….

안은 그다음 날부터 학교에 안 나타났어요. 억지로라도 자기 집에 재웠어야 했다면서 다 쓰야는 후회했어요. 다들 침울해졌죠. 안이 죽었다는 소식을 들었을 때, 전 생각했어요. 아아, 역시 그건 저주의 나무였구나, 라고요.

홋타 하야토(堀田颯斗)라고 합니다. 겐이랑
같은 학교에 다녀요.

겐이 벌써 얘기했을 것 같은데, 그날 그 녀석
이랑 둘이서 진짜 귀신을 봤다니까요.

전 겐이랑 같은 대학 오컬연 멤버인데, 아 오
컬트 연구부예요. 부원이 거의 없어서 폐부
직전이긴 하지만, 멤버들은 다들 오컬트라면
환장하는 별난 놈들이죠. 물론 저랑 겐도 마
찬가지고요. 그래서 그날 부실에서 할 일 없
이 수다 떨고 있다가 심령 스폿인 공동묘지에
가자는 얘기가 나왔어요. 전에 선배한테 들은
적이 있었거든요. 한 공동묘지에 있는 저주받
은 나무에 대한 소문. 그런데 결국 그날 시간
이 되는 인간이 저랑 겐, 둘이었던 거죠. 기왕

가게 된 거 스마트폰으로 귀신 사진을 찍어서 다른 부원들에게 자랑하자, 뭐 그렇게 된 거죠. 그래서 일부러 렌터카를 빌려서 녀석이랑 갔어요.

저주의 나무 밑에서 여자를 봤을 때 관두자고 했다니까요. 갈 때야 재미 삼아 갔다 쳐도 막상 눈앞에 나타나니까 너무 무섭더라고요. 그게 귀신이든, 아님 머리가 좀 이상한 인간이든 간에 그냥 놔두는 게 좋을 것 같아서 겐한테 도망치자고 속삭였어요. 그런데 녀석은 그 여자 곁에까지 가더니 "뭐 해요?"라고 묻는 거예요. 그러다가 결국엔 그 여자를 라이트로 비추기까지 하는 거예요. 대체 뭔 생각인지. 그 뒤는 겐한테 들은 대로일 거예요. 진짜 무서웠다니까요. 여자가 매미 울음소리를 내기 시작하니까 겐은 그 자리에서 얼어붙은 듯이

굳어버리더라고요. 제가 "야!" 하고 소리치고는 겐의 팔을 붙잡고 함께 뛰기 시작했어요. 도중에 뒤를 돌아봤지만 여자가 쫓아오는 기색은 없었어요. 그대로 전속력으로 차로 돌아가서는 산길을 되돌아왔죠. 이러다 사고 나는 게 아닐까 싶을 만큼 엄청난 속도로요.

간신히 시가지로 나와서 패밀리레스토랑에 갔죠, 24시간 영업하는 데로요. 그러고 나서야 둘이 아까 본 거에 대해 얘기했어요.

저나 겐이나 그 여자의 정체가 뭔지 알 수 없었어요. 귀신인지 살아 있는 인간인지도요. 하지만 전 겐한테 말했어요.

"만약, 그러니까 진짜 만약에 말이야, 살아 있는 인간이었다면 그냥 못 본 척하고 지나가면 안 되는 거 아닐까?"

겐이 화를 냈어요.

"산 사람 목이 그렇게 길다고? 산 사람 입에서 매미 울음소리가 날 수 있어?"라고요.

뭐, 사실 그렇긴 하죠. 그렇지만 전 만일의 가능성을 주장했어요. 아니 만일의 가능성을 믿지 않으면 진짜 귀신을 봐버렸다는 사실을 인정하게 되는 것이니까요. 오컬연 같은 데 들어간 주제에 이상하다 여길지 모르겠지만, 사실 의외로 많을걸요? 괴담은 좋아하지만 진짜 귀신은 보고 싶지 않은 사람. 봤을지도 모른다는 회색 지대를 즐기고 싶은 거라고요. 저라고 진짜로 귀신을 보겠다고 공동묘지에 갔을까요. 기묘한 소리를 들었다는 정도의 에피소드를 전리품으로 챙겨서, 다음 날 부실에서 멤버들이랑 왁자지껄 떠들면 충분한 거였어요.

결국 겐의 반대를 무릅쓰고 경찰에 신고했어

요. 담력 시험으로 갔던 산속 공동묘지에서 여자를 봤다, 뭔가 곤란한 상황에 처한 걸지도 모르니까 신고하는 게 좋을 것 같다, 라고요. 그걸로 끝이라고 생각했죠. 그런데 경찰이 묻더라고요. "지금 어디 계신 겁니까? 만약 가능하다면 구체적인 위치까지 안내해 주실 수 있을까요?"라고요.

겐한테 엄청 혼났어요. "너 때문에 거기 또 가게 됐잖아!"라고요. 뭐 그런 말이 나왔어도 딱히 어쩔 도리가 없어서 패밀리레스토랑에 경찰차가 와서는 한 번 더 사정을 듣고 난 뒤 저희 차가 앞장서서 또 그 공동묘지로 향했어요.

저랑 겐은 경찰관 두 사람이랑 공동묘지 입구에 도착해서 멀리 보이는 나무 실루엣을 가리켰어요. 저희는 그 나무 쪽에는 가고 싶지 않앉거든요. 나무로 향하는 경찰관의 뒷모습을 지켜보며 그 자리에서 잠자코 기다렸어요. 아마 몇 분 뒤였을 거예요. 두 경찰관이 뛰어서 되돌아오더니 초조한 얼굴로 묻더라고요.

"아까 하신 말씀, 사실입니까?"

전 경찰관의 표정과 질문의 의미를 알 수 없어서 그냥 말없이 고개만 끄덕였어요. 저희의 대답을 듣고 두 사람은 한참 동안 소곤대며 의논하더니 무선으로 누군가에게 연락하더라고요. 그러고는 저희보고 경찰차에 타라고 했어요. 뭔가 의심받는 듯한 기분이 들더라고요. 겐이 버럭 하면서 경찰관한테 무슨 일이 일어난 거냐고 묻자, 이렇게 말했어요.

"그 나무에서 시체를 발견했습니다. 다만 상황이 좀 복잡해서…"

지원 경찰차가 오는 동안에 저희한테 이것저

것 묻더라고요. 여자 복장은 어땠냐, 뭘 하고
있었냐, 무슨 얘기를 했냐 등등. 그렇지만 그
땐 완전 어두컴컴했고 저희도 패닉에 빠진 상
황이었던지라 대답할 말이 많지 않았어요. 그
래도 기억나는 건 그대로 말했죠.

그 뒤로 저희는 계속 경찰차 뒷자리에 앉아
있었어요. 몇 시간이나요. 차창 밖으로 보이
는 하늘이 하얘지기 시작했어요. 지원 경찰관
도 많이 와서 저희는 밖으로 불려 나갔어요.
그 나무 있는 데까지 데리고 가더라고요.

나무 옆에는 사람 형태로 불룩 솟아오른 청색
시트가 깔려 있었어요. 경찰관이 저희를 나무
뒤편으로 데려갔어요. 여전히 거기에는 여자
가 파고 있던 구멍이 남아 있었어요. 구멍 옆
에서 경찰관이 위를 가리켰어요. 거기에는 잘
린 로프가 늘어져 있었어요.

"여기서 여성이 목을 매고 사망해 있었습니다. 두 분이 봤던 분과 동일인이지 확인 가능하실까요?"라고 묻더군요.

20년 남짓 살아왔지만 진짜 시체를 본 건 처음이었어요. 옷차림은 저희가 봤던 여성과 같았고, 머리 스타일도 같았어요. 하지만 얼굴은 알 수 없었어요. 왜냐하면 이미 썩기 시작했거든요. 그리고 같은 데가 하나 더 있었어요. 목이 길었어요. 아마 신체 무게로 목이 늘어난 게 아닐까요.

결국 경찰이 어떻게 해석했는지는 모르겠어요. 몇 번이나 같은 얘기를 여러 사람한테 해야 했지만요. 그러고는 얼마 지나지 않아 인터넷 뉴스에서 봤어요. 그 여자, 얼마 전에 행방불명됐던 여대생이었대요. 네, 맞아요. 안이라고 하는 그 사람. 댓글로 별의별 억측이

난무하더라고요. 왜 그런 데서 굳이 자살했냐
는 둥, 진짜 자살은 맞냐는 둥.

진짜 귀신 같은 건 보고 싶지 않았는데. 자업
자득인 걸까요.

네? 더 얘기를 해야 되나 보네요? 그치만 음.
더 할 말이 없는데 어떡하죠.

그나저나 왠지 이상하죠? 그래봤자 결국 그
냥 나무일 뿐이잖아요. 아까 제가 말했던 심
령 방송에서 다룬 말 그림도 그렇잖아요. 원
래는 그냥 나무판자인 거잖아요? 거기에다
먹물인지 잉크인지 하여간 뭔가로 썼을 뿐인
데 본 사람은 불쾌한 감정이 들고, 저 같은 사
람은 컨디션까지 나빠지죠. 반대의 경우도 마
찬가지예요. 길바닥에 굴러다니는 돌멩이 같
은 건 다들 아무렇지도 않게 걷어차면서, 그
게 지장보살의 형태로 바뀌는 순간 떠받들면
서 머리를 조아리니까요.

인간이 자기 맘대로 의미를 부여해서 선하다

니 악하다니 결정짓는 거죠. 그런 식으로 의미를 갖게 된 것이 잘못된 힘을 갖게 되는 게 아닐까요. 그것도 어떤 의미에서 일종의 저주겠죠.

누군가가, 오래전에, 나무에 의미를 부여했겠죠. 좋지 않은 목적으로요. 그게 수많은 사람이 소문내고, 담력 시험이니 뭐니 하며 가서 난리법석을 떨고, 여러 형태로 입에 오르내리는 사이에 점점 그런 나무가 되었을 거예요. 아니 땐 굴뚝에 연기가 난 격이랄까요. 정말 입이란 재앙의 근원이네요.

아까 제가 말했죠? 저주받은 나무가 아니라 저주의 나무라고요. 전 알았어요, 그날. 이어서 말할 사람은 제가 아닌 것 같네요. 네, 그럼 실례하겠습니다.

글쎄요. 음, 뭘 더 얘기하면 좋을까나. 제가 더 알고 있는 거라… 아! 있어요. 아직 겐한테는 말 안 했는데, 그 뒤로 제 나름대로 이것저것 알아봤어요. 공동묘지랑 저주의 나무에 대해서요.

팬도 제법 있는 오컬트 전문 개인 사이트가 있는데, 유명한 도시 전설 같은 걸 이것저것 조사하는 사이트예요. 거기서 다루고 있더라고요. 그 사이트를 운영하는 양반이 꽤나 본격적으로 조사했더라고요. 일부러 국토지리원 지도를 뒤져서 공동묘지가 생기기 전에 뭐가 있었는지까지 알아봤더라고요. 그전엔 상당히 큰 절의 부지였나 보더라고요.

나무는 그 무렵에 경내에서 자랐나 봐요. 아,

물론 멀쩡한 절이에요. 딱히 절에 저주가 내리거나 그런 건 아니에요.

그 양반, 본인이 조사하는 동시에 정보 제공자도 모집했나 보더라고요. 그러면서 독자 중 한 사람으로부터 연락이 왔는데, 그 독자 집안이 옛날 그 절에 시주도 하면서 절의 재정을 도왔나 봐요. 절이 없어졌을 때 그 자리에 있던 묘를 그대로 새로 생기는 공동묘지에 옮겼다고 하더라고요. 그래서 자기 할머니한테 당시의 일에 대해 물어봤던 모양이에요.

근데 진상은 딱히 별게 없더라고요. 나무를 다들 극진하게 모셨던 모양이에요. 주지 스님도 매일 낙엽을 쓸고 가끔은 합장도 했다고 하고요. 정보 제공자의 할머니도 절에 갔을 때는 불상에 합장하는 것처럼 나무에다 대고 합장하면서 할아버지 병이 빨리 낫게 해주세요, 라는 식으로 기도했다고 써놨더라고요. 그런 식으로 친근했던 나무여서 후대가 끊기며 절을 없애기로 결정했을 때도 그 나무만큼은 남기자는 식으로 얘기가 됐던 모양이에요. 딱히 저주받거나 그런 일은 없었던 거죠.

또 하나, 그 사이트에 나무를 부르는 방식에 대해서도 적혀 있었어요. 나무에 대한 이상한 소문이 인터넷 게시판에 나타나기 시작한 건 공동묘지가 생기고 난 뒤였어요. 그런데 그때는 '저주의 나무'라고 불렸대요. 저주하고 싶은 사람을 떠올리며 그 사람의 불행을 나무에 기원하면 이루어진다는 게시글이 퍼졌나 보더라고요. 그게 10년쯤 전인가, SNS에서 유행한 무렵부터 '저주받은 나무'로 불리는 방식이 바뀌었던 모양이에요. 쓰다 보니 잘못 적힌 게 그렇게 굳어진 거겠죠. 소문이란 게 원래 그렇잖아요. 물론 '저주의 나무'랑 '저주 받은 나무'는 의미가 다르긴 하지만요.

그런 식으로 '저주받은 나무'라고 불리기 시작했을 때랑 비슷한 시기쯤에 나무 밑에서 귀신을 봤다는 소문이 돌기 시작한 모양이에요. 그 나무가 사람을 잡아먹는다든가, 그런 탓에 그 나무에서 목맨 사람이 있다든가 하는 식으로 소문이 파생했겠죠. 그렇게 유명한 심령 스폿이 된 거죠. 저주를 거는 나무가 아니라 나무 자체가 저주받아서 귀신도 나오게 된다, 그런 걸까요. 뭐 무섭게 만들려면 뭐든 상관없다, 이거겠죠. 조잡한 방식이죠.

근데 그걸 봤을 때 생각났어요. 고등학교 시절 친구가 교통사고로 죽었을 때의 일이요. 그 친구의 장례식에 우리 반 애들 모두가 간 날이었어요. 분향하려고 세 열로 서서 순서를 기다리고 있었어요.

제 차례를 기다리면서 대각선 앞의 친구가 분향하는 걸 멍하니 보고 있는데, 걔가 분향을 이상한 방식으로 하고 있더라고요. 최소한 저는 처음 보는 분향 방식이었어요. 장례식을 마치고 돌아가는 길에 걔한테 물어봤죠. "너 분향하는 거 이상하던데?"라고요. 그랬더니 걔가 쑥스러워하면서 다른 친구를 가리키며 말하더라고요. "실은 분향해 본 적이 없어서 말이야, 차례 기다리면서 쟤가 하는 걸 봤다가 그대로 흉내 낸 거야"라고요. 저희는 걔가 참고했다는 친구한테도 물어봤어요. 그랬더니 그 친구도 똑같이 다른 친구가 하는 걸 훔쳐봤다고 하더라고요. 맨 처음에 분향 방식을 참고했다는 친구한테 물어봤더니 눈앞에서 어떻게 했는지 보여줬어요. 네, 저도 알고 있던 올바른 방식이었어요. 아마 하나둘 훔쳐보며 따라하는 새 조금씩 올바른 방식에서 어긋났던 거겠죠.

나무도 결국 그랬던 게 아닐까요. 누군가가 그 나무 앞에서 합장하고 기도하는 모습을 보고, 자기도 기도한 거죠. 그러다가 좋은 기도가 아니라 나쁜 기도를 하는 인간이 나타났고. 그런 사람이 늘어나면서 그 나무는 나쁜 기도를 이뤄주는 나무가 된 거고. 그러다가 인간을 저주하기 위한 나무가 됐고. 저주하기 위한 나무는 '저주의 나무'라 불리기 시작했고. 그 소문을 들은 인간들이 오해를 해서 '저주받은 나무'라 부르고. 그게 널리 퍼지면서 '저주받은 나무' 밑에서 귀신이 보인다는 이야기가 탄생했고. 하지만 나무는 그때까지 부여받은 의미를 잊지 않은 거죠. 귀신 소문도

마찬가지고요. 사실 귀신 같은 건 처음부터 존재하지 않았을지도 모르는데, 모두가 재미로 떠들어대면서 소문이 된 거죠.

생각해 보면 저도 지금 똑같은 짓을 하고 있긴 하네요. 선배한테 나무에 대한 얘기를 듣고, 그 소문을 확인하기 위해 심령 스폿에 갔다가 거기서 유령을 봤고, 그 얘기를 이렇게 떠들고 있으니까요.

제 얘기는 이걸로 끝이에요. 감사합니다.

난 쇼타한테는 계속 미안하다고 생각했어. 안을 뺏은 모양새가 됐으니까. 하지만 친구니까 변함없이 다 같이 어울리고 싶었어. 쇼타는 상냥하니까, 우리랑 멀어지지 않았으니까, 그럼 괜찮지 않나 하고 생각했어.

내가 쇼타한테 무슨 말을 할 자격이 없다는 건 알고 있었어. 하지만 쇼타가 안에게 보낸 라인 메시지를 봤을 때, 안이랑 쇼타한테 배신당했다는 마음이 들었어. 난 안이랑 결혼하기로 약속했었어. 졸업하면 식을 올리자고 말이야. 그런 말까지 하고 얼마 지나지도 않았는데 전 남친이 보낸 메시지를 보여주면서 날 자극하려는 안한테 열받아서 말다툼을 했어. 쇼타한테도 한마디 쏘아붙이고 싶어서 담력 시험 때 빠져나와서 차로 달려간 거였어.

그런데 일이 그렇게 돼버려서 결국 쇼타랑은 제대로 말을 못했어. 그 일이 있고 나서 쇼타는 날 계속 피하고 있지만 난 우리는 계속 친구일 거라 믿어.

이제 내 차례는 끝인가 봐. 미안, 쇼타.

아아, 역시 전부 얘기해야 하나……

그날 내가 모두를 꼬셨어. 담력 시험 하러 가자고 뻥쳐서.

인터넷으로 알아봤어. 인간을 저주하는 방법. 다쓰야가 죽었으면 했으니까. 가능하면 엄청 괴롭게. 필사적으로 알아보다가 옛날 기사를 찾아냈어. 저주의 나무가 있다고. 그 나무에 기도하면 지옥의 고통을 맛보게 하면서 죽일 수 있다고. 하지만 기도의 방법까진 알 수 없었어. 그래서 직접 데려가기로 한 거야. 그 나무 앞에서 마음속 깊이 나무한테 기도했어.

'이제 곧 당신 앞을 지나가는 인간이 있습니다. 그 인간을 죽여주세요.'

다쓰야 이름을 말해봐야 나무가 다쓰야를 모르면 의미 없다고 생각했어. 확실히 죽이기 위해서 그렇게 기도했어. 마음속으로 몇 번이고 기도할 때, 매미를 봤어. 매미의 사체. 나무 줄기에 붙어서 우화하는 도중에 죽은 하얀 매미였어. 그걸 보고 기도에 덧붙였지.

'저렇게 죽여주세요.'

몇 년 동안이나 흙 속에 있다가 간신히 지면으로 나와 하늘을 향해 날아오르려는 최고의 순간, 직전에 죽었으면 좋겠다. 안이랑 결혼 약속 같은 걸 한 직후인 바로 그 타이밍에.

그런데 말이야. 다쓰야는 지나가지 않았어. 나무 앞을.

대신에 안이 지나갔어. 안은 내 기도 탓에 그렇게 됐어.

하지만 이걸로 끝이 아냐. 이번엔 안이. 그러

니까 이렇게, 여기에 불려왔어. 다들 아마 똑같을 거야. 모두 얘기하라고. 근데 지금 난 누구한테 말하는 거지? 나무? 아니면 안? 다른 애들한테는 이젠 들리지 않는 것 같은데.

뭔 상관이야. 나도 다 얘기했으니까. 안, 정말로 사랑했어. 이렇게 돼서 정말 미아 (이하 매미 울음소리로 여겨지는 음성이 몇 분간 이어짐)

그럼, 죽

겠네요.

입에 대한 앙케트

앞에 게재된 창작 괴담을 읽고 난 뒤 앙케트에
협조 바랍니다.

질문1 입을 재앙이라고 생각하시나요?
   □ 네   □ 아니오   □ 모름

질문2 앞에 게재된 창작 괴담의 내용을 다른
   사람에게 전해야겠다고 생각하시나요?
   □ 네   □ 아니오   □ 모름

질문3 앞에 게재된 창작 괴담을 어떻게
   읽었습니까?
   □ 시각 정보로 받아들였다.
   □ 머릿속으로 음독했다.
   □ 입으로 음독했다.

※ 이하는 질문 3에서 '머릿속으로 음독했다' 혹은 '입으로 음독했다'를 선택한 분만 대답 바랍니다.

질문4 음독 중에 매미 울음소리가 들렸나요?
□ 네   □ 아니오   □ 모름

질문5 문장으로 옮긴 음성 데이터는 무엇으로 기록됐다고 생각하시나요?
□ PC   □ 스마트폰
□ 녹음기   □ 모름

질문6 질문 5에서 '스마트폰'을 선택한 분만 대답해 주시기 바랍니다.
스마트폰은 어디에서 발견됐다고 생각하시나요?
□ 각 화자의 주머니   □ 책상 속
□ 떨어져 있음   □ 모름

앞에 게재된 문장을 음독한 후에, 대학생 5명이 공동묘지의 큰 나무 밑에서 로프를 목에 맨 상태로, 그날 일에 대한 이야기를 나누고, 자기 얘기가 끝난 뒤 허락받으면, 한 사람씩 발판을 걷어차서 목숨을 끊는 광경이 떠올랐나요?

☐ 네　　　☐ 아니오　　　☐ 모름

앙케트는 이상입니다.
협조해 주셔서 감사합니다.

지은이 세스지 背筋

소설 투고 사이트 '카쿠요무'에 연재 중 화제에
오르며 작가로 데뷔.
데뷔작『긴키 지방의 어느 장소에
대하여近畿地方のある場所について』가 25만 부의 판매를
기록, '이 호러가 대단해!このホラーがすごい!' 2024년
1위 등극.
후속작『입에 대한 앙케트口に関するアンケート』
『더럽혀진 성지 순례에 대하여穢れた聖地巡礼について』까지
연이어 베스트셀러에 오르며 명실상부 최근의
'호러 붐'을 이끄는 대표 작가.

옮긴이 오삭

등줄기에 오싹 소름이 돋는 이야기를 찾아 헤매는
출판 기획자 겸 번역자.

KUCHI NI KANSURU ANKETO
Copyright © Sesuji 2024
All rights reserved.
Originally published in Japan in 2024 by Poplar Publishing Co., Ltd.
Korean translation rights arranged with Poplar Publishing Co., Ltd.
through JM Contents Agency

입에 대한 앙케트

초판 1쇄 인쇄.
2025년 2월 4일
초판 1쇄 발행.
2025년 2월 17일

지은이. 세스지
옮긴이. 오삭

책임편집. 김혜영
디자인. 6699프레스
책임마케팅. 최혜령,
　　　박지수, 도우리
마케팅. 콘텐츠IP사업본부
해외사업. 한승빈
경영지원. 백선희, 권영환,
　　　이기경, 최민선
제작. 제이오

ⓒ 세스지
ISBN. 979-11-94293-
84-2 (00830)

펴낸이. 서현동
펴낸곳. ㈜오팬하우스
출판등록.
2024년 5월 16일
제2024-000141호
주소. 서울특별시 강남구
테헤란로 419, 11층 (삼성동,
강남파이낸스플라자)
이메일. info@ofh.co.kr

이 책은 저작권법에 따라 보호받는
저작물이므로 무단전재와
무단복제를 금지하며, 이 책 내용의
전부 또는 일부를 사용하려면
반드시 저작권자와 ㈜오팬하우스의
서면동의를 받아야 합니다.

책값은 뒤표지에 표시되어 있습니다.

잘못된 책은 구입하신 서점에서
바꿔드립니다.

VANTA(반타)는 ㈜오팬하우스의 출판브랜드입니다.